MW00883941

hachette
JEUNESSE

Après avoir appris à Jane et Michael à ranger leur chambre en s'amusant, Mary Poppins, la nouvelle nurse, décide d'emmener les enfants pour une promenade au parc.

En chemin, Mary Poppins marche d'un bon pas et les enfants ont du mal à la suivre.

Soudain, elle s'arrête : devant les grilles du parc se trouve Bert, un joyeux touche-à-tout.

À genoux, il dessine à la craie de jolies images sur le trottoir : un bateau sur une rivière, un cirque... Mais celle que Jane préfère, c'est un beau paysage représentant la campagne anglaise.

Bert décide alors de les y emmener. Pour cela il suffit d'un peu de magie, de cligner d'un œil, puis de l'autre, de fermer les yeux, et de sauter dans le dessin !

Les quatre amis se retrouvent aussitôt dans le paysage dessiné par Bert. L'endroit est calme, ensoleillé, et tous ont à présent de magnifiques nouveaux vêtements.

Au loin, on entend la musique d'une fête foraine. Pendant que Jane et Michael courent vers les manèges, Bert part en promenade avec Mary Poppins.

En chemin, les deux amis trouvent un endroit ravissant pour prendre le thé. Deux pingouins s'empressent de les servir :

– Pour vous, pas d'addition, c'est aux frais de la maison !

Bert et Mary Poppins rejoignent ensuite Jane et Michael en dansant la valse avec grâce. Ils grimpent sur le carrousel de chevaux de bois où les enfants s'amusent beaucoup.

– C'est dommage qu'on tourne en rond sur nos chevaux, fait remarquer Bert.

Un mot de Mary Poppins au gardien, et voilà les quatre chevaux de bois qui partent en promenade !

Les cavaliers se retrouvent bientôt en plein milieu d'une partie de chasse à courre. Pendant que Bert sauve un malheureux renard, Mary Poppins gagne une course hippique.

Mais, alors que Bert et les enfants mangent des pommes d'amour, quelques gouttes de pluie commencent à tomber. Soudain, c'est l'averse !

Le paysage disparaît peu à peu, et laisse place aux grilles du parc. Sur le trottoir, les dessins de Bert se transforment en flaques d'eau de toutes les couleurs.

Vite, il faut rentrer se sécher ! Bientôt, il est l'heure de se coucher pour Jane et Michael. Mais les enfants sont tellement excités par leur journée qu'ils refusent de dormir.

Mary Poppins leur chante alors une chanson, et Jane et Michael s'endorment, épuisés.

C'était vraiment une belle journée !

Pour l'éditeur, le principe est d'utiliser des papiers composés de fibres naturelles, renouvelables, recyclables et fabriquées à partir de bois issus de forêts qui adoptent un système d'aménagement durable. En outre, l'éditeur attend de ses fournisseurs de papier qu'ils s'inscrivent dans une démarche de certification environnementale reconnue.

Imprimé en Espagne – Dépôt légal juillet 2011 – Édition 04 – ISBN 978-2-01-463563-8 – Loi n°49-956 du 16 juillet 1949 sur les publications destinées à la jeunesse.

Pour tout renseignement concernant nos parutions, nous contacter par téléphone au 01 43 92 38 88 ou par e-mail : disney@hachette-livre.fr
Hachette Livre - 43, quai de Grenelle, 75905 Paris Cedex 15